¡Sonríe!

Geraldine McCaughrean

Ilustraciones de Edgar Clement

¡Sonríe!

Castillo de la lectura

DIRECCIÓN EDITORIAL: Antonio Moreno Paniagua
GERENCIA EDITORIAL: Wilebaldo Nava Reyes
COORDINACIÓN DE LA COLECCIÓN: Karen Coeman
DISEÑO DE LA COLECCIÓN: La Máquina del Tiempo
TRADUCCIÓN: Josefina Anaya
ILUSTRACIONES: Edgar Clement

¡Sonríe!

Título original: *Smile!*

Texto D.R. © 2004, Geraldine McCaughrean

Editado por Ediciones Castillo por acuerdo con Oxford University Press,
Oxford OX2 6DP, Inglaterra.

PRIMERA EDICIÓN: junio de 2006
QUINTA REIMPRESIÓN: agosto de 2011
D.R. © 2006, Ediciones Castillo, S.A. de C.V.
Insurgentes Sur 1886, Col. Florida,
Del. Álvaro Obregón,
C.P. 01030, México, D.F.

Ediciones Castillo forma parte
del Grupo Macmillan

www.grupomacmillan.com
www.edicionescastillo.com
infocastillo@grupomacmillan.com
Lada sin costo: 01 800 536 1777

Miembro de la Cámara Nacional
de la Industria Editorial Mexicana.
Registro núm. 3304

ISBN: 978-970-20-0853-8

Impreso en México/*Printed in Mexico*

Para Flash

1
FLASH

De pronto iba cayendo. Su vida le pasó por la cabeza en retratos chicos, cuadrados, enmarcados por las ventanas de la cabina. Su familia, su casa, sus amigos, su boda, su perro. También había retratos del pasado y retratos del futuro —de todas las cosas que hubiera querido ver y que ahora ya no veía: puentes, rostros, amaneceres y puestas de sol.

Había llamas, además, pero ésas no eran imaginarias. Realmente pasaban sus lenguas anaranjadas sobre el vidrio, lamiendo y llevándose las vistas, engullendo el cielo. A Flash le hubiera gustado decir adiós a alguien, pero iba completamente solo en el avión.

Lo siguiente que supo fue que el desierto llenaba las ventanas: rojas quebradas, amarillos valles y lagos blancos como la sal. Los paisajes eran tan hermosos y sorprendentes que Flash quería capturarlos —atraparlos como extrañas aves en libre vuelo.

No había tiempo para revelador ni para fijador. No había tiempo para cuartos oscuros ni impresiones. Con ambas manos sujetó la única cámara fotográfica que podría serle de utilidad.

En eso, el avión se lanzó en picada y ya fue demasiado tarde. Las escenas enmarcadas en las ventanas parpadearon al pasar con tanta rapidez que era imposible enfocarlas. Como una película que se sale traqueteando de su carrete, Flash cayó traqueteando. El aeroplano se desplomó y aterrizó en un mar gris-verde de árboles, tornando sus alas hacia arriba como una mariposa. Las ramas atravesaron el piso. Las hojas penetraron hasta la cabina. Los vidrios de las ventanas se estrellaron como cáscaras de huevo. De no haber sido catapultado por el techo destrozado, la vida de Flash habría terminado ahí mismo. Fin.

Cayó patas para arriba en un zarzal. Sus ojos parpadearon una sola vez, como el obturador de una cámara, y captó una toma de su aeroplano en llamas, trepado en los brazos de tres frondosos

árboles. En su cabeza tituló la foto "Cielo cha-
muscado". Luego cerró los ojos y regresó a un
cuarto oscuro sin retratos ni sueños.

2
SUTIRA Y OLU

—¿Quién eres? —preguntó él.

—Eso no es difícil. Eso ya lo sé —dijo la niñita—. Lo que no sé es quién eres tú.

Mientras, pasaba unas largas varas, rectas, por las piernas de su pantalón, y a Flash le fastidió un poco haber despertado apenas a tiempo para ser cocinado en un asador.

—Olu y yo te llevamos a casa —dijo la niña. Tenía la piel morena, terrosa, como el té con leche, y un vestido escarlata. También su largo cabello enmarañado estaba cubierto de tierra. Rozó la cara de Flash cuando empujó las varas por dentro de su camisa hasta salir a la altura del cuello. Entonces hizo una seña con la mano al niñito para que se colocara junto a la cabeza de Flash.

Cuando Flash se dio cuenta de lo que estaban haciendo, se asombró de su astucia. ¡Qué maravilla que personas desde tan temprana edad supieran cómo había que transportar a un hombre herido por la selva hostil! Pusieron algo en su estómago y luego cada uno tomó los extremos de las ramas y lo levantaron del suelo.

Todos los botones de su camisa saltaron y su cabeza golpeó contra el piso con un ruido sordo. La cámara que iba colocada en su estómago rodó y le pegó en la cara.

—Le dije a Olu, le dije que no funcionaría —comentó la niña, combándose con el peso del cuerpo y las piernas de Flash. En cualquier momento iba a soltarlo.

—Quizá puedo caminar —dijo Flash, al sentir que sus pantalones estaban empezando a rasgarse.

Y descubrió que sí podía caminar. Estaba mareado, tenía quemaduras, y el sol era como si el agua caliente de una tetera cayera sobre su cabeza adolorida. Pero si podía poner un pie delante del otro y contar todas las moscas que se cruzaran en su camino, de alguna manera se las arreglaría para caminar. Lo más difícil era saber cuáles moscas ya había contado y cuáles acababan de llegar. Todas querían metérsele en la boca.

—¿Qué es la caja? —preguntó la niña, señalándola con el dedo.

—Una cámara —dijo Flash—. Soy fotógrafo. Fotografías, eso es lo que hago.

—¡Ah! —dijo la niña.

Y algo en el vacío girar de sus ojos color café le dijo al instante que nunca había visto una cámara ni a un fotógrafo.

Caminaron sobre terreno arrugado como la piel de un anciano. Caminaron sobre alfombras de plantitas carnosas que crujían bajo sus pies como si fueran cangrejos. Caminaron sobre moscas muertas y pieles vacías de serpientes.

—Una cámara toma retratos —les dijo.

La niña le devolvió una mirada feroz, como si acabara de confesar que era un ladrón. —No puede tomar los nuestros —dijo—. Los necesitamos.

El poblado estaba en la punta de un barranco. Había chozas redondas con techo de paja. Había ovejas que parecían cabras —o quizá cabras que parecían ovejas. Había telares y cacharros para cocinar y una tosca forja al aire libre. Había mujeres, niños y ancianos.

—¿Qué nos traes, Sutira? —preguntó la mamá de la niña, no muy sorprendida, como si todos los días sus hijos llegaran con cosas como Flash. El resto de las mujeres del poblado dejaron de peinar la lana, de tejer la paja y de amamantar a sus bebés. Los niños se acercaron a mirar. Pero a la madre de Sutira le tocó el honor de saludar al forastero, ya que sus hijos lo habían salvado.

Ninguna de estas personas había estado nunca en una ciudad. Ninguna cadena de televisión de satélite había vertido películas dentro de su cabeza. Alguna vez, durante una lejana guerra, una flotilla de carros armados había pasado por el horizonte, pero hacía tanto tiempo que hablaban de ellos como si fueran los carros de una leyenda. A estas personas los aeroplanos no les inquietaban más que un ave ruidosa que vuela demasiado alto para dispararle. De vez en cuando, de los buhoneros que pasaban adquirían mercaderías de fantasía, como camisetas y productos para limpieza, un rifle o una flor de plástico. Pero cámaras...

—¿Tiene una cámara? Sí, ya las he visto. La multitud se apartó con reverencia para dejar el paso a un anciano muy anciano, encorvado y marchito por el sol. Se apoyaba pesadamente en un bastón, y Flash supuso que quizá había nacido con más dedos de los que ahora tenía.

—Algunas veces, antes de la guerra, llegaban viajeros. ¡Sonríe! ¡Clic! Los hombres usan estas cosas como trampas endulzadas para atrapar mariposas.

—Sí, mariposas, o vistas, o caras, o momentos... —Dentro de la cabeza adolorida del fotógrafo, por detrás de sus ojos irritados, revolotearon todas las cosas maravillosas que las cámaras pueden capturar.

—...Y esas mariposas —interrumpió el anciano muy anciano— ¿vuelven a ser libres?

Flash se dio cuenta de que no eran las cámaras, sino las fotografías que salían de éstas, lo que resultaba del todo desconocido en este sitio remoto y aislado.

—¡Sí, sí! De hecho puedo mostrarles —dijo y, sin pensar, apuntó la cámara hacia Sutira y Olu—. ¡Sonrían!

Clic.

Hubo una explosión de luz. Con la caída se había descompuesto un interruptor: el flash se encendió sin querer. Sutira y Olu cerraron los ojos. Se llevaron las manos a las cuencas de los ojos con fuerza. Veinte caras giraron con el destello.

Las pistolas destellan, y ésas sí las conocían.

La madre de los niños se lanzó sobre Flash, con los puños levantados. Su primer pensamiento fue para la cámara y se volteó para protegerla. (Un fotógrafo siempre piensa primero en su cámara.)

—¡No! Yo... —empezó, pero Sutira y Olu empezaron a gritar escandalosamente que no veían.

Entonces echó a correr. Y a sus espaldas el pueblo entero rugió y se lanzó detrás de él.

3
DIEZ INSTANTÁNEAS
PARA LA ETERNIDAD

Tenía quemaduras, golpes y rasguños. El esqueleto entero se le había aflojado con la caída. No podía correr, sólo saltar y cojear con dificultad. Los pobladores se le echaron encima como un enjambre de abejas. Por arriba de su cabeza, fuera de su alcance, levantó la cámara que ya había sacado una lengua de cartulina blanca.

—¡Miren! ¡Miren! —gritó— ¡Dejen que les enseñe! —La arrancó y se las mostró: su inofensiva fotografía instantánea de los niños.

Pero una foto instantánea tarda en aparecer. Los pobladores se quedaron impávidos. Lo único que podían ver era un rectángulo blanco pequeño y vacío. Los que llevaban azadones o palos levantaron sus armas prestos a golpear.

Entonces Flash los apuntó con la temible cámara, girando y girando sobre el mismo lugar. Con la cámara en una mano y la foto en la otra, los mantuvo alejados.

Mientras tanto, segundo a segundo, grano por grano, el retrato apareció; pálido al principio, después más oscuro. Cada vez más mareado, Flash señaló a la madre de Sutira en la multitud y le acercó la foto. Ella emitió un grito de temor y buscó a sus hijos. ¿Cómo era posible que estuvieran ahí, atrapados en ese rectángulo blanco, a no ser que hubieran sido capturados, encogidos y aprisionados? Al encontrarlos los sujetó y les oprimió la cabeza bruscamente contra su cuerpo. Luego sus ojos se posaron de nuevo en la fotografía, cuya imagen era cada vez más clara.

Y Flash se puso a hablar como si su vida dependiera de ello.

—No es muy buena. Lo siento. Me podría haber quedado mejor. No suelo usar estas cámaras de pacotilla. Tenía ésta en la mano cuando el avión... Con una buena cámara —con una buena lente y un foco variable— podría hacerles un buen estudio. Hermosos niños. Lindos niños. Esos tonos rojos y café. Las impresiones instantáneas son muy buenas, pero si el sujeto se mueve... Generalmente no las uso más que como referencia. Tenga. Tenga. Es suya. Tenga. El flash fue un error. Dejó fuera demasiadas sombras. Un buen retrato necesita sombras. Y una sonrisa, por supuesto. Una sonrisa siempre es mejor...

Ahora todo el mundo intentaba ver lo que la madre podía ver —lo que hizo que pusiera los ojos redondos y que se le cayera la mandíbula. Se agolparon detrás de ella, asomándose sobre sus hombros, mirando el rectángulo de cartulina en la mano temblorosa de Flash.

En eso, los rápidos dedos morenos de Olu se lo arrebataron y él y su hermana pudieron contemplar también las caras que sólo habían visto antes en metal pulido o en pozas de aguas tranquilas. El silencio era enervante.

—¡Podría sacarle una foto a usted! —le ofreció Flash a la mujer— ¡O a usted! ¡O a usted! —miró rápidamente la parte de atrás de la cámara— Sólo me quedan nueve fotos, pero yo...

Se quedó hablando solo. Todos los lugareños en tropel habían vuelto sobre sus pasos para ir en busca del anciano muy anciano, que durante la persecución no se movió un pelo. Era demasiado viejo para perseguir fotógrafos, información o una nueva y emocionante vista. Esperó a que las tres cosas vinieran a él. Con respeto, la madre de Sutira le mostró la fotografía y los dos hombres se miraron uno a otro a la distancia. No corras —decía la mirada del anciano—. No hay para dónde correr.

—Hablen —dijo el anciano muy anciano a Sutira y Olu. De repente ninguno de los dos niños tenía nada que decir. Arrastraban los pies y guardaban silencio.

—¡Digan una oración! —ordenó el anciano.

Entonces Sutira y Olu oraron, y mientras lo hacían el anciano meneó la cabeza, satisfecho. Los niños estaban completos, por dentro y por fuera —todavía podían hablar y pensar y la cámara no les había robado el alma. (No es que esperara algo semejante, pero era mejor cerciorarse.) Alzó una frágil mano, encorvó un huesudo dedo y llamó al hombre que había caído del cielo.

Pero el sol ardía en la cabeza de Flash. Las moscas querían treparsele a las orejas, a la nariz, a los ojos y a la boca. Cayó de rodillas y luego, poniendo cuidadosamente su cámara a un lado, se acostó de bruces en el suelo, demasiado fatigado para preocuparse por lo que el destino le deparara.

Para el atardecer, la fotografía de Sutira y Olu ocupaba un lugar prominente en la casa de su madre. Prendida a un trozo de lienzo, colgaba del techo, a salvo de los insectos. La choza estaba llena de gente y los vecinos hacían cola para ver la foto. Querían ver a la Sutira que tendría diez años para siempre, al Olu cuyas mejillas serían siempre brillantes.

También clavaban la vista en el forastero, acostado en una estera en el suelo, y en la cámara que yacía junto a su cabeza. Él no les producía tanto asombro como la fotografía. Sabían que de tanto en tanto Dios envía a un forastero de visita. Los forasteros son una bendición (siempre y cuando no le disparen a tus hijos). Le administraron un licor del color de las colecillas que le quitó el dolor y le esponjó los pensamientos como el cabello recién lavado. Todos esperaban tener el honor de compartir una comida con él, si es que no moría antes de que sus heridas... pero eso también estaba en manos de Dios. No, por extraño que fuera el aspecto de Flash, con sus pantalones vaqueros y su brillante chaqueta de seda para volar, era su fotografía lo que los tenía azorados. Los niños para siempre, la obra de arte instantánea, el espejismo que quién sabe cómo se había fijado después de que lo arrancaran del aire.

Era muy temprano cuando el anciano muy anciano acudió. Había esperado que todos los visitantes se retiraran. Ahora puso con firmeza el pie de su bastón junto a la cabeza de Flash y se inclinó hacia él, tambaleante, examinando su rostro.

—¿Por qué desperdicias esto en los niños? La gran magia debe utilizarse para grandes actos.

—No es ma... —empezó Flash, pero se detuvo. ¿Cómo podía decir que la fotografía no era magia? Ya desde la infancia lo había hechizado. Una fotografía puede detener el tiempo. Puede capturar el ahora como un copo de nieve e impedir que se derrita. Es un recuerdo pegado a una cartulina.

Es una demostración.

—Me quedan nueve tomas —le dijo Flash al anciano del pueblo—. Usted es grande en sabiduría, señor. Usted dígame qué fotografiar y lo haré.

El anciano se encogió de hombros y sacó el labio inferior. Durante su larga vida había escuchado alabanzas muchísimas veces.

—Todo el mundo va a tener su propia idea —dijo—. Haré la cosa más prudente. Dejaré que usted escoja. Nueve piezas de magia. Escoja usted.

Ya en la puerta, cuando iba de salida, se volvió y añadió:

—Está la vaca, por supuesto.

4
LA VACA

Era una linda vaca, con una cara agradable, pero era sólo una vaca. También estaba flaca. Cualquier vaca de la campiña inglesa la habría hecho avergonzarse. Tenía callosidades en sus torpes rodillas y con una sola mirada Flash pudo contarle las costillas tan fácilmente como las teclas de un xilófono. En cuanto a sus cuernos, Flash tuvo una vez una bicicleta con un manubrio que tenía la misma forma.

Y sin embargo le trajeron esta vaca como si fuera un valioso semental árabe que acabara de ganar una carrera de caballos.

—Es una vaca —dijo Flash estúpidamente, viendo cómo la vaca dejaba caer estiércol a sus pies. Luego pensó: "Tal vez es sagrada. Tal vez estas personas creen que las vacas son sagradas".

—Linda vaca —precisó, con más tacto.

—Una vez, antes de la sequía, tuvimos dieci- siete —dijo el anciano del pueblo. (De pie, acari- ciando el cuello de la vaca, Sutira apenas podía creerlo: no era posible tanta riqueza)—. Una tras otra fueron muriendo todas. No hemos tenido una vaca en este pueblo por muchos, muchos años. Nuestras mujeres han trabajado hasta entrada la noche y durante el soñoliento medio día fabricando licor y fibra de lanka, un árbol del lugar, para venderlos. La semana pasa- da compramos este animal. Ahora volveremos a tener leche para los niños. Y estiércol para fertilizar la tierra. Dios es misericordioso.

De los alrededores llegaba el sonido discor- dante y crujiente que hacían las mujeres al golpear las tiras de corteza con piedras. Metro a metro, formando madejas, batían la corteza hasta sacar hilos de fibra: una especie de rafia con la que hacían sogas, esteras y tren- zas ornamentales. De todas las puertas colga- ban redes con frutas que rezumaban tediosa- mente, gota a gota, sobre cuencos y cazos. Era el licor que le habían dado a Flash; el licor que habían estado fabricando para comerciarlo y tener otra vaca.

—Claro que voy a fotografiar su vaca —dijo Flash, tomando la cámara.

Pero primero tenían que ponerla presentable. Así que los niños recogieron flores para enredarlas alrededor de sus cuernos y las mujeres le lavaron la cola y le colgaron trenzas tejidas en los flancos. Cuando la colocaron de lado frente a la cámara, se veía tan bien como cualquier cuadro del pintor de caballos George Stubbs en la Galería Nacional de Arte de Londres.

—No —dijo el mago con su caja de maravillas—. Así no.

La vaca y Flash se miraron de pies a cabeza y se tomaron la medida. Flash podía verse reflejado en sus enormes ojos acuosos.

Las señoras del pueblo murmuraron su desconcierto. Con la cabeza de la vaca al frente, ¿cómo podría mostrar sus rosadas ubres? ¿Cómo podría mostrar los listones de su cola?

Flash se sentía tan mal como si lo hubieran atropellado unas vacas en estampida. Tuvo que abrir bien las piernas para guardar el equilibrio. Sacudió la adolorida cabeza. La vaca también sacudió la cabeza, espantando una nube de moscas, haciendo chasquear sus enormes orejas. "Ya lo sé —pareció decir la vaca—. Este sol en la cabeza puede ser muy fastidioso."

—¡Sonríe! —dijo Flash, y aunque la cara de las vacas no está hecha para sonreír, a Flash le pareció que cuando menos la inclinación de la cabeza tenía cierto garbo.

¡Clic!

Cuando Flash abanicó, sostenida entre los dedos, la cartulina con la foto, por todos lados golpetearon cuentas, volaron cabellos y lo empujaron brazos y codos calientes. Parecía estar obligando a la fotografía a salir de las yemas de sus dedos y a pasar al rectángulo blanco de cartulina. Lo sabía. Sabía que le gustaba jugar al mago: al Hacedor de Retratos.

Segundo a segundo, de grano en grano, la vaca emergió como si saliera de la neblina de la pradera inglesa: la enorme nariz, las gigantescas orejas rosadas por la luz del sol que brillaba a través de ellas, las callosidades en las huesudas rodillas delanteras, los cuernos floreados, el pecho lastimosamente estrecho; la cabeza era tan grande en el primer plano que del cuerpo apenas se le veían los dos flancos morenos, que sobresalían ridículamente como globos a cada lado de la cabeza. Las patas traseras ni siquiera eran visibles.

Las mujeres observaron la extraña criatura que aparecía en la foto: la criatura cabezona de dos patas con las orejas iluminadas y los flancos prominentes. En ese momento Flash obtuvo la sonrisa que les había pedido.

—¿Ven ustedes? Desde los lados no pueden ver —dijo— lo más importante de todo.

De no haber fotografiado la vaca de esta forma, con la cabeza al frente, no se habría visto todo el esplendor de la valiosa posesión de los lugareños. Porque, ¿ven ustedes?, de lado no puede verse cuando una vaca lleva un ternerito adentro.

5
LOS GUERREROS

Flash despertó bruscamente de un profundo sueño. Las mujeres le habían administrado más de ese amargo licor del color de las colecillas. Le había quitado por completo el dolor, pero también había hecho que sus sueños fueran demasiado grandes para su cabeza, los brazos demasiado largos para alcanzarse las manos. No podía recordar dónde estaba ni por qué. En ese momento unos hombres golpeaban las paredes de barro de la choza, desprendiendo chorros de polvo que volaba en el interior.

—Los guerreros han regresado —dijo Sutira.

Éste no era un pueblo de mujeres y ancianos, de madres y niños. Temprano por la mañana los hombres jóvenes habían vuelto a casa, trayendo un jabalí, una iguana, una especie de gallina grande y los tres asientos del aeroplano estrellado. Habiendo oído que un extraño, un hombre joven, llegó mientras ellos no estaban, rodearon la choza de Sutira y la golpeaban violentamente con la culata de sus rifles.

Con bastante calma, Sutira enrolló su estera y llegó a la puerta antes que su hermano.

—Pueden entrar de uno en uno —dijo al rugido de voces—. Tú primero, primo.

Entonces el primo de Sutira asomó la cabeza por la puerta, un muchacho tan grandote y fanfarrón que más bien parecía que se estaba poniendo la choza como si fuera una camisa, en vez de entrar en ella. Sutira puso su mano pequeña en la de él y lo condujo hacia la fotografía, para explicarle, describirla y contarle la historia. También señaló a Flash, pero sólo como si se tratara de un mueble de segunda mano. No le dio gran importancia. No era precisamente un hombre, ni un acontecimiento. Tampoco un guerrero. Era tan sólo un mago no muy listo.

El guerrero miró detenidamente a Flash, y Flash le devolvió la mirada con los ojos llorosos, tratando de recordar por qué tenía la boca debajo de la nariz y cómo le habían colocado las rodillas en las piernas sin quitarle los pies.

—Dile de los retratos —lo instruyó Sutira.

Flash intentó hablar, pero tenía la boca llena de fétidas bayas o de rollos de algodón. Extendió los dedos de las dos manos tratando de figurar las ocho tomas que le quedaban en su cámara instantánea. Tocó el turno a Sutira y a su hermanito de dar las explicaciones sobre la cámara, el rectángulo de cartulina blanca y la posibilidad de nuevos retratos.

Afuera de la choza los otros guerreros escuchaban. Cuando no podían figurarse de qué hablaba Sutira, asomaban la cara por la puerta, frunciendo el ceño, mirando y accionando ociosamente sus rifles en dirección a Flash. Cuando por fin comprendieron, accionaron sus rifles con más entusiasmo, dirigiéndolos hacia su cara y exigiendo:

—¡A mí!

—¡A mí!

—¡A mí, de inmediato!

Flash puso las manos bien por arriba de la cabeza. Su cerebro, todavía incapaz de contar, le dijo que ya había más de ocho guerreros en la choza. Algunos quedarían desilusionados. No parecía que ninguno de ellos tomara la desilusión con amabilidad.

La vocecita estridente de Sutira sobresalió entre el jaleo.

—¡Naturalmente, sólo pinta a los mejores guerreros!

Diez minutos después la reyerta se había trasladado afuera. Trece hombres jóvenes reñían, se empujaban, gritaban y forcejeaban. Algunos tenían esposa, y esas esposas estaban en el interior de la choza exponiendo a gritos los méritos de sus esposos en la cara de Flash, una tratando de hablar más fuerte que la otra.

—¿Por qué no mejor los retrato a todos juntos, en grupo? —propuso pero por más que les decía nadie lo escuchaba. Se les había metido en la cabeza que el mago iba a fotografiar al mejor guerrero del pueblo. Y ahora cada uno trataba de probar que él lo era. Olu iba y venía con mensajes para el fotógrafo.

—¡Que van a combatir unos contra otros hasta que no quede más que uno! —dijo Olu.

—¡No! —dijo Flash—. La cámara no va a querer fotografiar a un hombre con las orejas arrancadas y la nariz rota!

—Que van a ir de caza y que pintes al que traiga la presa mayor.

—¡No! —dijo Flash, imaginando la choza llena de iguanas muertas hasta el techo—. A la cámara no le gusta la carne.

—Que pueden enterrarse un cuchillo y el que se lo entierre más hondo...

—¡No! —dijo Flash— ¡No! ¡No! ¡No! Definitivamente no.

—Que caminarán sobre carbones ardientes...

Por un instante, el atractivo fotográfico de trece hermosos guerreros caminando sobre brasas ardientes le tentó en serio. Luego recobró la compostura.

—Di a los hombres que la cámara sabrá quién es el mejor guerrero cuando lo vea.

El ruido de afuera se redujo a un nervioso murmullo. Flash desdobló las piernas y se puso de pie con toda la dignidad de que fue capaz. Las esposas se apartaron para dejarlo pasar mientras se dirigía al exterior con la cámara al frente, como si llevara incienso en las manos extendidas.

—Pinta un círculo, Olu —dijo, y el muchacho obedeció sus instrucciones, arrastrando una vara por la tierra suelta y dibujando un círculo de tres metros de ancho—. Que todos los hombres que deseen que la cámara los mire se paren dentro del círculo.

Como trece santacloses que se empujaran entre sí para bajar por la misma chimenea, los guerreros saltaron al círculo. Flash se desplazó en torno a éste hasta que el sol quedó detrás de su espalda. Mientras tanto, los hombres se volvían como enormes girasoles siguiendo el curso del sol.

No tuvo necesidad de decirles que sonrieran: sonreían a la cámara tal como alguna vez sonrieron a sus madres, deseosos de complacerla.

¡Clic!

Utilizó el flash, para darse el beneficio de la sorpresa. Los guerreros parpadearon, en un intento de deshacerse de los cubos morados que flotaban delante de sus ojos. Cuando pudieron ver de nuevo, Flash ya estaba agitando entre los dedos el pequeño rectángulo de cartulina, como un dios que hiciera trucos con las cartas.

Segundo a segundo, de grano en grano, aparecieron, arremolinados unos junto a los otros como trece margaritas en maceta, con unas blancas sonrisas tímidas, todos elegidos, por ser igual de valientes, por la lente justa y sabia de la cámara, que veía todo.

6
LA BELDAD

Pero no hubo todas esas discusiones en cuanto a la mujer que Flash debía fotografiar. Los lugareños trajeron hasta su puerta, como si fuera una novia, a su mayor beldad.

—Ésta es Ave Canora —la presentaron.

Por poco tiempo (antes de que su cámara lo fastidiara hasta convencerlo de viajar por el mundo), Flash había tomado fotografías para revistas y catálogos de ventas. Recordó a las modelos que habían pasado en tropel delante de su cámara, ladeando las caderas y sacando los labios. Las veía acicalarse, pavonearse y hacer girar sus amplias faldas. Recordó también a los jovencitos con gel en el cabello, y a los niños modelos rubios como el maíz. La gente bonita.

Recordó a las jóvenes que veía pasar en los autobuses, tan bellas que le daban ganas de llorar. Recordó a las estrellas de cine, los rostros famosos de la televisión y los espectaculares de diez metros de alto que mostraban gigantescas beldades.

Y ahora estaba frente a Ave Canora.

De todas las mujeres jóvenes que había visto, Ave Canora era la más... fea. Es verdad que tenía la piel suave y tersa y una abundante cabellera. Pero, en conjunto, era demasiado. Dominaba a Flash como una torre y mostraba una desordenada hilera de dientes feroces. Llevaba el cabello trenzado con manojos de lazos de roja lanka, y el cuello rodeado de pulidos discos de madera. Los lóbulos de sus orejas estaban estirados por unos pendientes tan pesados que de sólo verlos Flash hizo una mueca de dolor.

También le habían rociado polen, blanco como la caspa. Le habían anudado la falda para mostrar mejor la anchura de sus caderas. Alarmado por el destello de orgullo de sus ojos saltones, Flash bajó la mirada. No pudo dejar de notar que sus pies desnudos eran más grandes que los suyos, con todo y que calzaba botas propias para el desierto.

"Una Cenicienta no es", dijo para sí.

Luego, al voltear a ver a Sutira, se dio cuenta de su error. Porque Sutira contemplaba a Ave Canora exactamente con el mismo anhelo, la misma ilusión, de una pequeña que viera a Cenicienta vestirse para el baile. Aquí estaba todo lo que Sutira aspiraba a ser y nunca sería: ella, que era de complexión delgada como una varita, de manos y pies delicados y ojos del color y la forma de las almendras.

—Ayer Ave Canora era una niña —dijo el anciano del pueblo—. Mañana será vieja como nosotros. Hoy Ave Canora es un botón en flor. Las flores florecen por muy, muy poquito tiempo.

Flash bajó la cabeza respetuosamente.

—Voy a fotografiar a Ave Canora, su beldad —dijo.

Bueno. Si había podido hacer una obra de arte con una vaca, podría hacerla con Ave Canora. Era sencillo. Sólo era necesario mirarla con los ojos de los demás. Ella era la pleamar, el lirio de un día.

Le pidió a Ave Canora que se colocara frente a los claveles y las lavandas en la puesta del sol, y encuadró a la beldad en su visor.

—¡Sonríe!

Y Ave Canora encendió la sonrisa vanidosa y satisfecha de una supermodelo, al saber que sería bella para siempre. Flash casi envidió su fatuidad.

¡Clic!

Cuando el retrato apareció —segundo a segundo, de grano en grano—, se dieron cuenta de que Flash había incluido a una niñita jugando en el suelo y a una vieja encorvada que se protegía los ojos del sol con una mano huesuda y artrítica.

—En lo personal, creo que tú eres más bonita —susurró Flash a Sutira, mientras Ave Canora corría de acá para allá mostrando su retrato a sus múltiples amigos y admiradores.

Sutira lo miró como si estuviera loco.

7
EL HOMBRE DEL FLASH

Flash empezó a sentirse muy contento consigo mismo. Había traído alegría y emoción a un rincón del mundo que la fotografía todavía no había tocado con su magia. Los lugareños parecían apreciar a un huésped marcado por el fuego y la magia. Los hombres mayores le dieron a fumar y beber toda clase de cosas espantosas, mientras sus esposas se volvían locas por que probara sus guisos. Los jóvenes guerreros eran abiertamente hostiles (cosa que le asustaba, pero también lo llenaba de orgullo). Las mujeres que trabajaban entre los árboles de lanka le lanzaban descaradas insinuaciones cuando caminaba por el barranco cada mañana, disfrutando de la luz. Aunque nunca entendía lo que decían, sentía que se trataba de algo amistoso —como cuando alguien te lanza una manzana desde lo alto del árbol.

Pero a medida que fueron pasando los días y sus heridas sanaron, Flash temía estar dando una mala reputación a la fotografía. Con seguridad pensaban que era un trabajo fácil y de haraganes, en comparación con batir la corteza de lanka, tejer o sacar la pulpa de la fruta. Así que intentó echarles una mano.

Primero empezó por cepillar a la vaca, pero la vaquera vino corriendo y lo alejó dando manotazos. Quizá pensó que amargaría la leche.

Así que tomó unas tiras de corteza y empezó a batirlas con una piedra. Las miradas de horror de las mujeres eran tan enervantes que se pegó en los dedos con la piedra. Lo espantaron con sus exclamaciones como si fuera una gallina. Con los dedos debajo de las axilas hasta parecía una gallina.

Se le ocurrió limpiar las suciedades de los perros de las veredas, pero el calor del medio día lo envió de nuevo a la sombra de los árboles.

Estaban tirando los últimos frutos antes de la estación yerma. Suave y exquisita, la pulpa se formaba dentro de una dura cáscara roja que había que romper para sacarla. Flash se sentó debajo de un árbol con las piernas cruzadas, reunió un montón de frutas en su regazo y empezó a romper las cáscaras cuidadosa y deliberadamente. Como si fuera laca de color escarlata, la cáscara se cuarteó. Era algo muy bello. La masa blanda, cremosa y verde del interior se escurrió entre sus nudillos e impregnó su regazo con el olor de colecillas.

Cuando alzó la mirada, el pueblo entero se había reunido para mirarlo: todos estaban escandalizados, horrorizados, menos los guerreros y los niños, cuyos hombros saltaban de risa. Olu rodaba por el suelo, riéndose tanto que no podía ponerse de pie, con el dedo apuntando a la absurda escena de un hombre que realizaba el trabajo de las mujeres.

Sutira abofeteó a su hermanito. Luego, con una mano levantada, exigió que la escucharan.

—¡Mañana Flash irá de caza! —anunció con su voz más decidida— ¡Flash es un gran cazador!

Flash miró hacia las copas de los árboles. El sol perforaba la bóveda celeste como mil filosas lanzas de caza. Pensó en explicar que nunca había disparado nada (a menos que se tratara de cámaras). Pensó en decirles que una vez participó en una protesta contra la caza de zorros. Pensó en iguanas gigantes y en gusanos comestibles y en despellejar cosas, y se le ocurrió decir que era vegetariano. Pero cuando bajó la vista Sutira seguía mirándolo, con los ojos entrecerrados, confiando en que sería un Nimrod, el Poderoso Cazador.

—Magnífico —dijo—. Una cacería. Mañana. Justo lo que faltaba.

Por desgracia, esto causó una conmoción aún peor. Los guerreros parecían alicaídos. Las recolectoras dejaron caer las manos con gesto afligido, con lo que se desparramaron brazadas enteras de frutas alrededor de los pies de Flash. Las mujeres mayores se agitaron, se afanaron y suspiraron.

—¡Oh, por favor...! —dijo la madre de Sutira, abrazando con cariño a su hija por atrás y poniendo firme la mano sobre la boca de la niña—. Mañana no... Otro día...

El único en atreverse a darle a Flash la mala noticia fue el anciano del pueblo.

—Lamento pedirle que mañana no vaya de cacería. Nuestros jóvenes deben permanecer aquí. Nuestro huésped debe permanecer aquí. Mañana es la Fiesta de las Últimas Frutas.

Flash se esforzó por parecer muy, pero muy decepcionado.

No iba a llevar su cámara a la fiesta. Pero luego le dio miedo dejarla en la choza, no fuera a ser que alguien se obsequiara con una de las pocas tomas que le quedaban. Así que se la colgó al cuello, como la gran insignia de un cargo.

Entonces las mujeres salieron de sus chozas con grandes cuencos brillantes, llenos de pimientos y guisantes, frutas y pasteles horneados, panales, cremas y estofados; desenrollaron esteras de lanka rayadas y pusieron a los niños a cuidar los cuencos, con espantamoscas. Los olores pintaban el aire de mil colores. Los lugareños se reunieron alrededor de la comida y los colores de la tarde se reunieron detrás de ellos. ¡Qué pintoresco!

A él, huésped de honor, lo llevaron a sentarse a la cabecera del mantel dispuesto sobre el suelo. Olu y Sutira (que no se podían sentar tan arriba) estaban sentados un poco lejos; compartían su chaqueta puesta, cada uno con un brazo en una manga, para mostrar que Flash todavía les pertenecía. Una procesión de recolectoras caminó alrededor de la "mesa" con un tazón de licor destilado de las últimas frutas de la cosecha. ¡Demasiado pintoresco para resistirse!

—¡Sonrían todos!

Clic.

Nunca le habían gustado las colecillas. Pero ahí estaban, a sus espaldas, ofreciéndole su olor, ofreciéndole el tazón de licor propio de la procesión. Una mirada a Olu y Sutira y Flash supo que rehusarse sería una ofensa. El tazón era una señal de honor y estima.

Así que, respirando profundamente, puso los labios en la orilla, le dijo a su lengua que se pusiera a cubierto, y engulló todo el contenido del tazón de un solo y nauseabundo trago.

Un grito sofocado de asombro recorrió como un flequillo la estera de lanka. Alzó la mirada a tiempo para ver la mandíbula de los guerreros caer de estupor y admiración; las mujeres recolectoras, pasmadas, abrieron los ojos como platos. Vio a Olu y Sutira llevarse con asombro los puños de su chaqueta a la boca.

Hasta entonces un trago y pasaban el tazón. Hasta entonces. ¡Pero Flash era un hombre tan formidable que de una sola vez había apurado el contenido del adorable tazón! ¡No era extraño que sacara retratos al sacudir la punta de los dedos!

Aproximadamente un segundo después de que Flash se diera cuenta de su error, de repente los árboles arrojaron lava volcánica hacia el cielo. Los perros crecieron siete metros y las chozas se convirtieron en platillos voladores que pasaban peligrosamente a toda velocidad muy cerca de su cabeza. Las caras de los lugareños se fundieron en un oleaje que iba y venía alrededor de una playa rayada, y los cuencos con comida empezaron a desplazarse como gigantescos cangrejos de tierra. Estaba seguro de que la música era real: nunca había oído una más dulce. Sabía que nunca en su vida había bailado tan bien.

Pero cuando despertó Olu y Sutira le dijeron que no había bailado para nada, que toda la velada se la pasó muy quieto, con la espalda recargada contra un árbol, sin parpadear, esperando el momento perfecto.

—¿Cuál momento? —preguntó Flash, con recelo. Tenía la memoria en blanco.

Olu señaló con el dedo la cámara que le colgaba del cuello. Había asomado su lengua de cartulina hacía bastante tiempo, y sin embargo nadie se atrevió a arrancarla para verla de cerca. Nadie se había atrevido a revolver entre sus ropas en busca de su fotografía de la fiesta. Se habían limitado a esperar, atormentados por la excitación, a que el fotógrafo despertara y les diera sus dos siguientes segundos de cartulina arrancados al tiempo.

Tuvieron que esperar tres días.

Flash miró la última fotografía con curiosidad. Como no recordaba haberla tomado, era como contemplar la obra de otro fotógrafo. Pero era una buena fotografía: el pueblo entero bailaba y cantaba a la luz de una fogata.

Y se alegró de haber llevado la cámara consigo, se alegró de haber usado dos invaluables fotografías en la Fiesta de las Últimas Frutas y en el Baile. Ahora, cuando el estómago de los lugareños estuviera vacío y tuvieran la boca seca, cuando los tiempos fueran difíciles o las enfermedades asolaran los campos, la fotografía de los cuencos humeantes, de los extravagantes montones de guisantes y pimientos, seguiría estando ahí.

Ahora, siempre que hubiera aflicciones o apuros o escasez, podrían ver en la fotografía cómo bailaban, reían y cantaban, y recordar que habían sido felices, tal como podemos recordar el calor en el invierno, o el frío en el verano.

El asunto de la caza no volvió a surgir. Flash inspiraba demasiado pavor a los guerreros como para medir sus endebles aptitudes contra las de él, en la caza, la bebida o el sueño.

8
IMÁGENES QUE DESAPARECEN

—¡Nuestros retratos se están borrando!

Por un momento el corazón de Flash dejó de latir. Sabía, por supuesto, que las instantáneas no guardan el mismo brillo que las fotos ordinarias. Pero no esperaba que se borraran tan pronto.

—¡Diles a todos que deben guardarlas lejos de la luz del sol! —urgió a Olu.

Olu lo miró extrañado, con la cabeza ladeada.

—¿Cómo?

Los retratos a los que Olu realmente se refería estaban pintados sobre un pilar de roca de cincuenta metros de alto, más o menos a un kilómetro del pueblo. Era imposible saber cuánto tiempo habían resistido el sol ardiente, los escasos aguaceros, los golpes de arena ocasionados por el viento: mil años, quizá dos mil.

Los antepasados de los lugareños habían hecho sus tintes con jugo de bayas, sangre y pigmentos minerales. Mil o quizá dos mil años antes llegaron hasta este enorme dedo de roca y le pusieron, como si fueran anillos, impresiones de manos, bestias, figuras que corren, símbolos y diseños. En aquel tiempo, los tintes seguramente fueron una explosión de rojos, azules y amarillos. Ahora eran tan tenues como unos bocetos a lápiz.

Al ver las pinturas ancestrales, la imaginación de Flash se desbocó: pensó en los hombres y las mujeres que las hicieron, dejaron su marca y se volvieron inmortales al pintar escenas de su vida cotidiana. ¿Cuántas generaciones se habían detenido a mirar este friso de imágenes y dibujos? La piedra misma era tan grande que nunca se desgastaría —no mientras los seres humanos habiten en la Tierra, en todo caso. Las pinturas, por otra parte, se acercaban al final de su larga, larga vida, desgastadas por el sol y la lluvia, las heladas y el viento, pero sobre todo por el roce de incontables manos humanas que admiraron su belleza.

—Pinta las pinturas de los antepasados —pidió el artista del pueblo, señalando la cámara de Flash. Pequeño y flaco, el propio artista se parecía a una de las figuras de estique, desgastada de tanto tocarla. —Así, cuando se hayan borrado, seguiremos teniendo tu pintura mágica.

Flash volteó a ver su caja de trucos, raquítica y de plástico. Recordó las palabras de Sutira cuando le explicó que las cámaras "toman retratos". "No puedes tomar los nuestros —le había dicho—. Los necesitamos."

—¡Oh, pero las fotografías no valen nada! —dijo, débilmente— ¡Comparadas con esta roca, las fotografías no valen nada!

Las fotografías se borran. Las fotografías se rompen. Las fotografías se enmohecen y se enrollan y se ponen del color del café. El calor agrieta su superficie lisa y brillante. Las hormigas las destruyen. Antes que Sutira y Olu llegaran a la edad del anciano del pueblo, las pequeñas fotografías de Flash, insignificantes e inútiles, no podrían distinguirse. La comida retratada en "La fiesta" tendrá manchones café como moho. Las figuras de "El baile" serán blancas como fantasmas que merodean por una blanca selva.

—¡Lo siento mucho, las fotografías duran muy, muy poco! —le dijo al artista del pueblo, pidiendo disculpas. Iba a decir: "¿Por qué no vuelven a pintar la piedra?", pero no acababa de empezar cuando se detuvo. Uno no retoca una pintura de Miguel Ángel, ni remienda un tapiz de Bayeux, ni repara la Venus de Milo con pegamento.

—Claro que voy a fotografiar sus pinturas —dijo con desaliento—, ¡pero no es suficiente!

La sonrisa del artista fue tan radiante que Flash hubiera querido capturarla en una fotografía. Revisó la parte posterior de la cámara. Sólo quedaban cuatro tomas.

Así que esperó y observó durante un día entero —desde la primera luz hasta la puesta del sol— para saber bajo cuál luz destacaban mejor las pinturas ancestrales contra su roca, que tenía el color de la costra de una tarta. Al ver que la luz del atardecer era perfecta, esperó un día más para tomar la mejor fotografía posible. Incluso hizo un montecito de piedras en sustitución de un trípode, para que la cámara no se moviera ni un pelo cuando oprimiera el botón.

Las pinturas resaltaban exuberantes en torno a toda la roca. La fotografía que tomó sólo mostraba una pequeña sección de una de sus caras. En el visor de la cámara un conjunto de figuras provistas de estacas iban a la caza de un jabalí; las mujeres estaban de pie, rodeadas de niños y de cacharros. Lo que al principio pensó erróneamente que era una persona llorando y con muchos brazos resultó ser un árbol que escurría su licor y tiraba su corteza para la elaboración de lanka. Los patrones de vida se habían venido repitiendo en este sitio durante muchos más años de los que cabían en la imaginación de Flash.

Clic.

—Está haciendo honores a los Ancestros —dijeron los lugareños, al ver todo el tiempo que Flash había pasado junto a la roca pintada. Pero no, lo que Flash estaba experimentando era pura vergüenza, mientras abanicaba entre sus dedos el pequeño retrato inútil. ¡Y pensar que a él, un simple fotógrafo, se le había encomendado preservar una verdadera obra de arte!

9
LA LUNA Y TIXA

Cuando miramos la fotografía de la Luna llena en el cenit, y la multitud de constelaciones que la rodean, lo que estamos viendo es el código preciso de un área, como nuestro código de correos. Esa fotografía no pudo ser tomada más que desde un solo punto de la vasta superficie de la Tierra. La Luna y las estrellas no pueden verse así más que desde un único sitio.

De grano en grano, hora tras hora, la idea fue apareciendo en la cabeza de Flash como cuando se va revelando una instantánea. Si fotografiara la Luna y las estrellas y luego lograra volver a la civilización, podría mostrar su foto a un astrónomo y encontrar la posición exacta de este sitio remoto y secreto.

¡Y podría regresar! ¡Para preservar las pinturas de la roca en película de exposición larga y con filtros solares, o en una cámara digital utilizando cien mil píxeles, o en una cámara de cine! Podría fotografiar las chozas cónicas y la fruta en fermento, el peculiar color café de los ojos de los niños. Tomaría fotos de los tres asientos de su aeroplano que ahora se encontraban sobre una plataforma de madera, como tronos de reyes: al atardecer los hombres jóvenes se dejaban caer sobre ellos, bebían licor y pretendían montar la guardia; durante el día los pájaros les sacaban el relleno por las fisuras del cuero.

Fotografiaría las paredes del barranco: de color azul lavanda al amanecer, azul plomo a pleno sol y rosa al atardecer. Fotografiaría a las mujeres mientras trabajaran en sus telares, a los perros dormidos en los charcos de sombra que rodeaban las chozas.

Todo lo que necesitaba, para poder identificar este valle escondido del tiempo y de la civilización, era una toma de la Luna llena rodeada de estrellas. Después de todo, tenía derecho a una foto de las diez… Como le dijo a Olu: "¡Es mi cámara!"

Olu y Sutira lo seguían por doquier. Se sentaron junto a él al pie de la roca pintada. Ahora caminaban con él bajo el cielo nocturno, señalando los guerreros, las iguanas y los árboles de lanka que formaban las estrellas agrupadas. (También los lugareños miraban el cielo nocturno para conocer su ubicación en la Tierra.)

"¿Y ahora qué? ¿Y ahora qué? ¿Cuál es el siguiente retrato? —preguntaban constantemente— ¿Las trenzas de lanka? ¿El nuevo techo de paja? ¿El sacrificio de la cabra?"

Flash, acostado de espaldas en la tierra, trataba de que callaran sus estridentes vocecillas. "No es importante" —decía—. "No puede fotografiarse." "¿Para que fotografiar eso?" "Seguirá siendo lo mismo el próximo año, y el siguiente..."

El visor de la cámara estaba nublado por el vapor: era la hora del rocío. Lo limpió con el puño de su camisa. Sobre su cabeza la Luna llena era un enorme y vibrante gong. Las estrellas eran puntiagudas como agujas.

Para poder hacer el cálculo astronómico debía captar la Luna en el punto más alto posible, antes de que empezara a deslizarse de nuevo hacia abajo. Estimó que la espera sería de una media hora. También debía incluir a la Estrella Polar en la fotografía. Era parte de la ciencia. Con el visor alcanzaba a ver los oscuros mares de la golpeada superficie lunar, como las manchas de edad en el rostro de un anciano. Bajo la espalda, el piso era duro y disparejo y se le clavaban las piedras. Ya no por mucho.

—Pinta las trenzas de lanka —pidió Sutira—. Así podremos mostrarlas en el mercado cuando ya no quede ninguna.

—Pinta al jefe del pueblo —dijo Olu—. Él se acuerda de la guerra.

Flash verificó la parte posterior de la cámara, aunque sabía perfectamente cuántas tomas le quedaban.

—No me he olvidado de él —dijo con dureza.

—Pinta a mi perro —pidió Sutira—. Es el mejor perro del mundo.

A través de su visor, el código del lugar se inscribió en el cielo nocturno: el código que le permitiría regresar al Paraíso. La cuestión era si la cámara instantánea veía bien en la oscuridad. No se puede utilizar el flash para captar las estrellas.

—¿Por qué pintas la Luna? —preguntó Olu, acostado de espaldas, con la cabeza en el ángulo de la axila de Flash.

—Es que yo… —Pero era demasiado complicado de explicar. Estos niños no sabían sobre navegación, astronomía o geomatemáticas.

—La Luna regresa, no te preocupes —dijo Sutira, acostada del otro lado, acariciándole el cabello para consolarlo—. Se pone grande. Se pone chiquita. Se va. Pero siempre regresa. No tenemos miedo. Luego le explicó a Olu que algunas personas supersticiosas (como Flash) vivían temiendo que la Luna fuera a reducirse hasta extinguirse y no reapareciera nunca.

—Todo está bien, señor —dijo Olu—. La Luna siempre regresa. Dios es misericordioso. No necesitas pintar la Luna. ¡De veras!

Percibió la súplica en su voz: "¡No desperdicies nuestra magia en la Luna, no seas supersticioso!" pensaban.

Arriba, la Luna de blanco rostro llegó al cenit. El paisaje estaba apenas más oscuro ahora que en el día: sólo había sido despojado de su color. Con la luz de la Luna Flash pudo ver perfectamente un círculo de personas borrosas que lo observaban a cierta distancia. Por un espeluznante momento se le ocurrió que más bien estaba viendo a los antepasados agrupados en regimientos fantasmales. Entonces se dio cuenta de que el pueblo entero seguía sus movimientos, vigilando y esperando a ver cómo utilizaría sus últimas e invaluables fotografías; cuáles de sus peticiones serían escuchadas.

—¡Cuando regrese —empezó a decir— podré fotografiarlo todo! ¡Cualquier cosa que quieran!

Alcanzó a percibir que su voz era zalamera y quejumbrosa. Pero ¿por qué tenía que dar excusas para utilizar su propia cámara? ¿Por qué tenía que disculparse por fotografiar la Luna?

Rápidamente y con decisión se recostó y se puso la cámara sobre la cara, buscando a tientas el botón, antes de que la Luna cruzara el cenit. Un pañuelo de nubes, purpúreo y sedoso, atravesaba el cielo, amenazando con tapar las estrellas. Tenía que darse prisa...

—Tixa ya no va a regresar —dijo Sutira.

—¿Tixa? ¿Qué es Tixa? —preguntó él.

—Mi prima. Tixa. Se está marchitando. Mañana ya habrá partido.

—¿Partido?

—Sí.

Flash vio que el pañuelo púrpura de nubes ya se arrugaba, ya se extendía a lo largo del cielo brillante. Como la tinta que se derrama encima de un mapa, primero manchó la Estrella Polar, luego la constelación de Casiopea. Con la parte posterior de su cabeza pudo sentir la tenue vibración de cincuenta personas que se paraban en un pie y luego en el otro.

Con dificultad, Flash se puso de pie.

—¡Ni hablar! —gritó, para que todos los lugareños reunidos oyeran— ¡Pintaré a Tixa, la prima de Sutira!

Flash llegó corriendo. Casi esperaba que Tixa estuviera dormida. Pero se alegró cuando vio que no era así. Tenía los mismos ojos almendrados de Sutira, que se veían enormes en su pálida carita contraída. Estaba tan enferma, tan cerca de la muerte, que no esperaba que supiera quién era. Pero sí sabía. También su madre, que lo tomó de la manga y le dio palmaditas en la mano.

¡Clic!

Pero cuando tomó la foto —"¡Qué porquería de cámara barata!"— no hubo explosión de luz. Sus dedos buscaron y no encontraron el flash en el extremo de la caja. Seguramente se cayó mientras corría, o cuando pasó rozando el biombo de la entrada de la choza. Con la luz de la única vela encendida no tenía probabilidad de encontrarlo. La cámara sacó su lengua de cartulina blanca, pero él sabía que no habría nada en ella, excepto la promesa de la oscuridad.

—¡No hay suficiente luz! ¡No hay suficiente luz! —gritó Flash, sobrecogido de temor. La mañana estaba todavía lejana y su cámara no había escupido más que un retrato de la oscuridad. Como quiera que se viera, Tixa, la pequeña y linda Tixa, no estaba dejando en el mundo más que un espacio oscuro. El solo pensamiento le era insoportable.

Por fortuna, los lugareños no compartían su temor. Sencillamente la levantaron con todo y catre y la llevaron afuera. Luego prendieron unas ramas envueltas en lanka: docenas y docenas de antorchas encendidas, y se colocaron a su alrededor, como lámparas de gas humanas en un estudio a la media noche. La más brillante de todas era la Luna llena por encima de todo, como una enorme lámpara blanca que rociaba el suelo con luces y sombras.

"¿Sonríe?" pensó Flash. Difícilmente. ¿Cómo podría pedírselo? No había motivo para sonreír en este caso.

Afortunadamente, los lugareños ya se habían acostumbrado a las palabras mágicas de la fotografía. "¡Sonríe!" —gritaron al unísono, con tanta claridad como la que daban las antorchas. En los ojos almendrados de la niñita danzaban las llamas, y luego se convirtieron en ranuras cuando dibujó la más grande y linda sonrisa que Flash había visto jamás.

Tixa sonrió de nuevo cuando se vio —iluminada por las antorchas y por la Luna— aparecer poco a poco en el pequeño rectángulo de cartulina.

Tixa abandonó el pueblo cuando la Luna se metió. Sobre su cama vacía colgaba su foto prendida a una tira de tela (para protegerla de los insectos). A Flash no le dio ningún consuelo verla ahí —no, ni una pizca—, pero el pueblo parecía pensar de otra manera.

Era la primera vez que un muerto seguía sonriendo en la tierra de los vivos.

Por más que uno se esfuerza por recordar un rostro, poco a poco se nos escapa de la memoria. Se desvanece, año tras año, de grano en grano, en el olvido. Pero no el de Tixa. Gracias a la fotografía, su sonrisa sería vista por niños que todavía no habían nacido, y recordada aún después de que mil lunas salieran y se pusieran.

10
¡SONRÍE!

—Y después de eso quiero fotografiar cada uno de los puentes del río Támesis; no sólo los puentes sino a las personas que los usan, a las diferentes personas que los cruzan o que los pasan por abajo... Quiero tomar el centro de la ciudad de noche, las camionetas que hacen entregas, a las personas que lavan su calle con manguera, a los que limpian los rieles en el metro mientras la electricidad está desconectada...

Sentados alrededor del festín que habían preparado en honor del mago, los lugareños le sonreían y asentían. Nada de lo que decía tenía el menor sentido para ellos. Él lo sabía. Les estaba describiendo un mundo que nunca habían visto, un mundo que jamás rozaría siquiera los límites del suyo. Pero su mente estaba tan llena de ideas que tenía que hablar de ellas.

—...¡Y quiero hacer un libro de opuestos! Fotos artísticas de página completa donde aparezcan una frente a otra: feliz-triste, rico-pobre, viejo y joven, mojado y seco, guerra y paz, el Ártico y los trópicos...

Cuando hubiera tomado la última de las diez fotos emprendería su largo trayecto de vuelta a la civilización. Flash quería que supieran que habría más fotografías, mejores fotografías...

—...Quiero registrar una vida entera, desde el recién nacido hasta el lecho de muerte. Noventa y seis páginas y nada de texto. ¡Ni una sola palabra! (Flash nunca se ha sentido a gusto con las palabras; sólo con las fotos.)

Los lugareños sonreían y asentían, asentían y sonreían, afectuosamente. En un momento, Olu le trajo algo pequeño en la palma de la mano, y Flash lo tomó entre el índice y el pulgar, pensando que se trataba de un sabroso bocadillo. Ya se lo había llevado a la boca cuando se dio cuenta de que era el cubo de flash de la cámara. Olu y Sutira habían peinado la selva hasta encontrarlo.

—Y ahora quiero retratarlo a usted, señor —dijo Flash al anciano muy anciano—. Naturalmente, guardé la última foto para la persona más importante: el anciano del pueblo.

Le deleitaba la idea de capturar esas mejillas profundamente arrugadas, esos ojos azules lechosos, la barba blanca crecida en esa mandíbula de carne floja. El anciano del pueblo parecía un profeta bíblico o un rey legendario.

Pero, para su sorpresa, el anciano muy anciano sacudió su pesada cabeza entre sus hombros huesudos.

—No. No deseo que me pintes.

Flash casi se sintió ofendido.

—¿Por qué?

El anciano se pasó por la cara una enorme mano, lenta y mutilada, molestando a las moscas.

—Un hombre cambia con el tiempo —dijo—. Madura. Se vuelve más sabio. Envejece. En ocasiones, la vejez es el alto precio que se paga por la sabiduría. Alguna vez fui joven, como esos imprudentes guerreros que retrataste. Alguna vez fui joven y sano. Y guapo, ¡es difícil creerlo, lo sé! Entonces las mujeres jóvenes suspiraban cuando yo pasaba. Les gustaba poner su mano en la mía... —estudió las manos incompletas y torcidas que extendía en su regazo—. Cuando muera la gente mirará hacia atrás. Entonces los años de mi vejez no se verán más que los años de mi juventud, o los años de mi madurcz. Mi impaciencia, mi pierna defectuosa, mi sonrisa desdentada: pronto todo eso se olvidará, y me convertiré en un hombre de todas las edades y sin edad. Seré todas las partes buenas. Seré mi nombre y mis acciones y no este rostro en ruinas. Pero, señor Flash, si usted pinta mi retrato con su cámara, seré siempre un anciano. Si me retrata, seré siempre viejo. Pregúntele a su aeroplano, señor Flash. ¿Cómo quiere que lo recuerden? ¿Como un montón de metal quemado? ¿O como un pájaro en el cielo?

Flash colocó la tapa de la lente en su lugar, enrolló el cordón alrededor de la cámara y puso ésta a un lado.

—...Sí tengo un deseo, naturalmente —expresó el anciano muy anciano—. Sí hay un retrato que quiero que pinte.

Flash tomó la cámara de nuevo.

—Sólo dígame.

—Deseo un retrato de el Hombre que Cayó del Cielo. Quiero un retrato de usted.

Flash había estado detrás de muchas cámaras: cámaras de video e infrarrojas; de exposición rápida y de exposición retardada; de lentes réflex, de espejo, digitales y panorámicas. Pero nunca nadie le había pedido que tomara su retrato. Nunca antes y nunca después alguien prendería su foto a una tira de tela (para protegerla de los insectos) y diría con orgullo al señalarla: "Éste es el mago que cayó del cielo y nos dejó diez segundos para siempre".

—¡Eso sería desperdiciar una toma! —protestó Flash— ¡No soy de utilidad como la vaca! ¡Ni hermoso como Ave Canora! ¡Ni valioso como las pinturas de sus antepasados!

—Pero pronto te habrás ido, como Tixa —dijo el anciano del pueblo—. Y cuando nos sentemos en los asientos del aeroplano y hablemos de la leyenda del hombre que cayó del cielo, será bueno poder decir: "Miren, no es mentira. Éste es el hombre. Aquí está la prueba".

Al momento siguiente los niños bajaron como una bandada de pájaros de colores y se llevaron a Flash de la fiesta, hacia el camino bien hollado que llevaba a las pinturas ancestrales. Su sombra, negra a la fuerte luz del sol, se unió a las figuras danzantes pintadas en la roca.

Pusieron la cámara sobre el montículo de piedras que Flash había construido como trípode y brincaban en un pie y en el otro, aullando y riendo mientras el anciano muy anciano subía sin prisa por la aguda pendiente. Por supuesto, a él le tocaba el honor de tomar la fotografía del fotógrafo.

—¡Sonría! —dijo el anciano del pueblo, con un torcido gesto infantil. Uno de los pocos dedos que le quedaban permaneció suspendido sobre el botón.

Pero Flash no sonrió.

—¡Sonría! —rugió la multitud.

Pero Flash no pudo. Más bien la curva de sus labios se fue hacia abajo y no hacia arriba.

—Lo siento mucho. No recuerdo cómo sonreír —se disculpó—. Estoy demasiado triste de pensar que no voy a volver a verlos.

11
EL ÚLTIMO FLASH

—¿En serio? —dijo el anciano del pueblo— Pues quédese.

—¡Quédate! —pidió Olu.

—¡Sí, quédate! —urgió Sutira.

Flash intentó explicarles. Pero nunca había sido bueno con las palabras, sólo con las fotografías. De repente empezó a palparse la chaqueta, quemada y rasgada, buscando en todos los bolsillos algo muy importante. ¿Cómo no lo pensó antes? Al fin, con un suspiro de alivio, sacó su cartera de un bolsillo interior y extrajo un pequeño rectángulo de cartulina.

—¡Tengo que regresar! —dijo Flash, y les mostró la fotografía que explicaba exactamente por qué no podía quedarse. Estaban su linda esposa y sus tres hijos adorables: una niña de la edad de Tixa, un niño del tamaño de Olu y otro casi de la misma edad de Sutira.

La preciosa fotografía circuló de mano en mano. Cada uno de los lugareños la estudió por turnos. Luego sus ojos se posaban de nuevo en Flash con miradas de afligida simpatía. Fue Ave Canora quien puso en palabras los pensamientos de todos:

—¡Qué mujer tan fea! —dijo, y se estremeció al poner de nuevo la foto en la mano de Flash.

En ese momento Flash recordó cómo sonreír. Más bien, inclinado contra la roca y con la mano recargada —en una mano roja pintada—, se echó a reír.

Hubiera sido una gran fotografía. Le habría gustado a los antepasados —y a los historiadores también, que en los tiempos por venir hablarían de el Hombre que Cayó del Cielo.

Desafortunadamente, el grito de alegría de los lugareños asustó al perro de Sutira, que arremetió entre el bosque de piernas y chocó contra la pila de piedras que sostenían la cámara. Las piedras se derrumbaron con tal estrépito que el perro se asustó todavía más.

La cámara rodó en medio de la masa de piedras y la cinta atrapó el cuello del perro.

Golpeado y como perseguido por la cámara, el perro corrió más aprisa. Cuando la multitud corrió tras él, el perro corrió aún más rápido.

El primer pensamiento de un fotógrafo siempre es para su cámara. Flash se lanzó tras el perro y no dejó de perseguirlo aunque los lugareños se dieron por vencidos. Aunque la roca pintada ya no era visible —aunque la cámara, rebotando y traqueteando junto al perro, destellaba como un espejo que se quiebra frente al sol. El destello del flash impulsó al perro a un último y frenético esfuerzo y al fin se liberó del cordón, tirando la cámara hacia adelante en una nube de polvo.

Flash trastabilló cuando el perro lo hizo separar los pies del suelo al pasar de regreso como flecha por donde había venido. Cayó de cabeza en la orilla de una escarpadura que ni siquiera vio.

Cámara y fotógrafo cayeron una junto al otro, y la cámara le mostró burlona una blanca lengua. Como si hubiera ingerido el amargo licor de las mujeres, Flash descubrió que sus manos nada podían hacer. No le quedó más remedio que mirar mientras el rectángulo de papel, segundo a segundo, de grano en grano, le revelaba la última fotografía de su película.

Una gran extensión de cielo. Un hocico café. El triángulo de una oreja. A Flash le pareció que el perro de los niños, más que sonreír, le hacía muecas a la lente.

—¡Qué listo! Usaste la cámara. Muy ingenioso. Nos hiciste señas con el flash de la cámara. Te alejaste mucho del lugar donde te estrellaste —el hombre que lo rescató lo reprendía, como una madre a su hijo que deliberadamente se alejó y se perdió.

—Debiste quedarte cerca del avión.

—¡Marca las coordenadas en el mapa! —gritó Flash, cogiendo su muñeca—. El lugar exacto donde me encontraste. Hay una aldea cerca de ahí. ¡Tengo que volver a encontrarla!

El helicóptero rugía y vibraba alrededor de él, con un ruido estrepitoso opacado por el clic, clic, clic de las paletas de la hélice.

—¿Aldea? ¿Por aquí? No lo creo —dijo el hombre que lo izaba con el cabestrante—. No hay más que desierto y minas explosivas.

Flash les contó:

—¡Un barranco, con árboles de lanka y una enorme roca pintada de cincuenta metros de alto!

Si esos árboles existían, la partida de búsqueda nunca había oído hablar de ellos. Además, desde la sequía no quedaban árboles de ninguna especie en 16 kilómetros a la redonda.

—¿Y qué idioma hablaba esa gente? ¿El mismo que tú? —preguntó el piloto sobre su hombro, resoplando y riéndose del sinsentido de lo que Flash decía.

Con el calor, el pedazo de cartulina que tenía en la mano se había vuelto tan viscoso que se le quedó pegado en la palma. Ni la corriente de aire provocada por el helicóptero pudo despegarlo. Cuando logró hacerlo, la superficie se desprendió por partes: el cielo azul, la oreja del perro, la manchita negra de algo que podía ser un helicóptero que se aproximaba...

Flash se sentó y paseó la mirada por el piso vibrante de acero y el desorden de equipo, cabestrante y primeros auxilios.

—En el avión... ¿estaban los asientos? ¿Estaban todavía los tres asientos cuando encontraron el avión? No había asientos, ¿verdad?

—No te lo puedo decir —respondió el hombre del cabestrante encogiendo los hombros—. Todo se quemó. El avión quedó completamente destripado. Ahora tranquilízate.

—¿Y mi cámara?

—Había una caja con equipo a prueba de fuego. La recuperamos. Si tienes suerte tus cámaras...

—¡No, ésas no! ¡La de instantáneas! ¡La que traía conmigo! ¡La de instantáneas!

El primer piloto dijo con un chasquido:

—Lo siento. No nos preocupamos por traerla.

Al ver la decepción en la cara de Flash, agregó:

—Esas cosas son baratas, ¿no? Yo tengo una. Me sorprende que la uses, un profesional como tú...

Ave Canora. Olu. Sutira. Tixa y la vaca. Flash pronunció sus nombres, pensando en voz alta. ¿Era posible que sólo hubieran existido en su cabeza?

—Además... seguramente se te acabó la película antes de la caída del avión —siguió diciendo el hombre del cabestrante—. No quedaba ninguna toma. Me fijé. Ni una sola.

Flash volvió a poner la cabeza dolorida en el piso de acero y sintió que sus dientes golpeteaban con la vibración de la nave.

—¡Todo está bien, entonces! —dijo, con un gran suspiro de alivio— ¡Todo está bien!

Cerró los ojos y se dio el lujo de sonreír.

¡Flash!

Impreso en los talleres de
Litográfica Ingramex, S.A. de C.V.
Centeno 162-1 Col. Granjas Esmeralda,
C.P. 09810, México, D.F.
Agosto de 2011.